सफ़र,

ज़िन्दगी का

Published By

सफ़र,

ज़िन्दगी का

Penned By

Sanoj Kumar

ABOUT THE AUTHOR

यह इंजीनियरिंग के आखिरी साल में है। वैसे तो ये कंप्यूटर में व्यस्त रहते थे पर अब ये अपने लेखन शैली के लिए जाना जाते है। यह बिहार के एक छोटे शहर के वासी है, पर फिलहाल अभी ये ओडिशा की राजधानी भुवनेश्वर में अपना पढ़ाई कर रहे है।

कहते है आपको आपसे बेहतर आपके दोस्त जानते है। इन्हें भी लिखने के लिए इनकी खास दोस्त ने प्रेरित किया है, जबकि कुछ खास दोस्त ने तो इस पुस्तक में भी साथ दिया है। यह तहे दिल से उन दोस्तों का शुक्रगुज़ार है जिन्होंने समय-समय पर इनका मजाक उड़ाया और अनजाने में ही इन्हें और बेहतर लिखने को प्रेरित किया है। यह इनकी प्रथम पुस्तक है, जबकि कई पुस्तक में सह लेखक रह

चुके है। यह विशेष रूप से कविता लिखते हैं और इनकी सदैव कोशिश रहती है कि हर विषय के माध्यम से पाठकों से जुड़ सके।

कुछ पंक्तियां जो इन्हें दर्शाती है -

करता हूँ कॉडिंग, हूँ मैं कॉडर ।
लिखता हूँ दिल से, चाहे हो वह यूनिवर्सिटी का पेपर।
रहता हूं हर वार को तैयार,लोग कहते है मुझे सनोज कुमार।

इन्हें इंस्टाग्राम में अनेक ऑनलाइन कॉम्पिटिशन में सार्टिफिकेट से सम्मानित किया जा चुका है इन्हें और पढ़ने के लिए आप इनकी इंस्टाग्राम आई डी देख सकते है और इन तक अपनी बात पहुँचाने के लिए आप इनको ई-मेल भी कर सकते है।

Instagram Id : the_hidden_writer_sk

Gmail ID : thehiddenwritersk@gmail.com

Blog : safarzindagikask.blogspot.com

ABOUT THE BOOK

ये किताब कविताओं का संग्रहालय है,

जिसमें मैंने जीवन के अनेक मोड़ पर महसूस किए हुए घटनाओं को कविता के रूप में बयां किया है।

इसमें प्यार, इन्सपिरेशन, सोशल ईशू, एंव विभिन्न उत्सवों के बारे में पंक्तियाँ पेश की गई है जो बहुत ही सरल भाषा में है।

इसका उद्देश्य यही है कि इसकी हर पंक्ति पाठकों के जीवन से जुड़ सके, जिससे मेरी बात आप सब के दिलों तक आसानी से पहुँचे और आप इसका आनंद उठा पाए।

"सफ़र ज़िन्दगी का" जिसका अर्थ है, ज़िन्दगी के सफ़र में आने वाला अनेक सफ़र, जिनका सामना हर मनुष्य को कभी ना कभी करना पड़ता है।

इस सफ़र में हर किसी के एहसास अलग होते है।

मेरी इन कविताओं के माध्यम से मैंने कुछ एहसासों को संग्रहित करने का प्रयास किया है

आशा है कि मेरी बात आप सभी तक पहुँचे और आप सभी को मेरी ये प्रस्तुति पसंद आए।

धन्यवाद

INDEX

शुरू करें 12

भरपूर जीता हूँ 12

भाग्य भरोसे 13

मैं करूँगा ऐसा 14

दिल और दिमाग 15

दाद है 16

सीखा है 16

हौसला रख 17

बदलते वक़्त 18

डरते है 19

कमजोर नहीं बनाना चाहता 20

निभाता है 21

माँ मुझे भी पढ़ना हैं 23

बेहोशी की हालत 24

हाँ मैं कश्मीरी हूँ 25

बाल-श्रम 26

दुनिया एक रंगमंच हैं 27

नारी शिक्षा 28

अब तुम्हारी बारी है 29

छोटे कपड़े बहाना 30

धर्म 31

ख़ता 32

करूँगा कुछ ऐसा 34

मिल जाते है 34

तेरी सूरत 35

बेहद प्यार 35

दिल उसी के पास है 36

चूड़ियाँ 38

मेरे साथ होने का 39

क्रश 40

मेरा पहला-पहला प्यार 41

भरोसा रखो 44

हार गए हम 45

आशा है 45

याद क्यों आते हो 46

यादें आ जाती है 47

कैसे रहोगी 48

बदल गई 49

चुप रहे 50

रिश्ते निभाने 50

खामोशियों 51

प्रेरणा

(Inspiration)

शुरू करें

आओ शुरू करें, बिना किसी से डरे

जो लगे हमें सही, करें उसे हर हाल में पूरे

*****

भरपूर जीता हूँ

सीखता हूँ सिखाता हूँ,

गिरता हूँ संभलता हूँ,

कदम लड़खड़ाते है,

फिर भी बढ़ते रहता हूँ,

यही तो जीवन है,

इसे हर पल भरपूर जीता हूँ।

*****

भाग्य भरोसे

भाग्य भरोसे तो सब रहते हैं,

कभी भाग्य को अपने भरोसे रख कर देखो।

अच्छाई का पाठ तो सब पढ़ाते हैं,

कभी खुद अच्छा बनकर देखो।

तुम अपना कर्म करो,

भाग्य का क्या है वो तो बदल जाएगा।

इतनी मेहनत करो ताकि,

भाग्य भी तुम्हारे सामने झुक जाएगा।

क्यों छोड़ोगे तुम भाग्य भरोसे,

खुद पर तुम रखो भरोसा।

जो काम तुम कर सकते हो,

वो ज़रूर देगा तुमको एक मौका।

<u>मैं करूँगा ऐसा</u>

हवाओं में होगा सुकून,

अपनो में बना रहेगा प्यार।

भेदभाव का नाम नहीं,

सब रहेंगे बनकर यार।

नारी भी खुलकर जीयेगी,

रख सकेगी अपने विचार।

युवाओं को मिलेगा नौकरी,

कोई ना रहेगा बेरोजगार।

अमीर हो या गरीब,

सभी को मिलेगा शिक्षा का अधिकार।

मैं करूँगा ऐसा कुछ,

बन जाएगा सुखमय संसार।

दिल और दिमाग

दिल और दिमाग के बीच

हमें कई बार समझौता करना पड़ता है।

कभी दिमाग का होता है फैसला

तो कभी दिल का भी सुनना पड़ता है।

बहुत उलझन होती है हमें

जब दोनों अलग-अलग राह बताए।

तब असली परीक्षा होती है

सारे चरित्र दिख जाते हैं बिन जताए।

बहुत हल्की रेखा होती है,

दिल और दिमाग के फैसलों के बीच।

सोच समझ और धैर्य नहीं रखा तो

हो जाती है कइयों से ऊँच-नीच।

<u>दाद है</u>

गलती तो सबसे होती है

इसमें कोई खास बात नहीं

कैसे गलती से सीखते हो

ये सभी को दिखाने मैं दाद है।

*****

<u>सीखा है</u>

इन फूलों से ही मैंने
मुस्कुराना सीखा है।
कल हो या ना हो,
मैंने आज पर जीना सीखा है।

*****

हौसला रख

हारने के बाद भी

लड़ने का हौसला रख

बिखरने के बाद भी

संभलने का जज्बा रख।

एक दिन खराब होने से

किसी और को आगे बढ़ जाना है

किसी भी परिस्थिति में से

जीत हासिल करने को सीखना है।

*****

बदलते वक़्त

इस बदलते वक़्त में,
लोग भी बदल जाते है।
कुछ आते है तो,
कुछ चले भी जाते है।

पर इतना ध्यान रखना,

वक़्त बदलता जरूर है,
पर कुछ सीखा जाता है।
लोग बिछड़ते जरूर है,
पर भविष्य संवार जाता है।

*****

<u>डरते है</u>

डरते है हम अपनी बात रखने में,

इस बेरहम दुनिया में आँख खोलने में।

कुछ लोग तो हमेशा तैयार रहते हैं,

हमें अपने ही बातों से दबाने में।

हाँ डरते हैं हम गैरों की सोच पर,

कहीं हमारे सपनों को ना कुचल दे।

इधर-उधर की कही-सुनी बातों पर,

कहीं हमपर ही ना आग उगल दे।

किसी को क्या खुशी मिलती हैं,

दूसरों को नीचा दिखाने में।

रिश्तेदारों को क्यों जल्दी रहती हैं,

हमारी ज़िन्दगी बिगाड़ने में।

कमजोर नहीं बनाना चाहता

अकेले दुनिया से लड़ सकती हो,

इसलिए तुम्हारा साथ नहीं हूँ देता।

फ़िक्र तो बहुत रहती है तुम्हारी,

पर तुझे कमजोर नहीं बनाना चाहता।

गैरों को मुंह तोड़ जवाब देकर,

तुझे कुछ कर दिखाना होगा।

कभी ज़रूरत यदि पर जाए तो,

माँ दुर्गा का रूप लेना होगा।

मुझे पता है तू बड़ी हो गई है,

फिर भी दिल नहीं है मानता।

डर लगता है तुझे कुछ हो ना जाए,

ये सोच आज भी जी घबराता।

<u>निभाता है</u>

अपनी-अपनी किस्मत है

यह तो सिर्फ़ कहने कि बात है

मुकाम तक तो वही पहुँचता है

जिनकी मेहनत देख

समय भी साथ निभाता है।

*****

सामाजिक समस्या

(Social Issue)

<u>माँ मुझे भी पढ़ना हैं</u>

माँ मुझे भी पढ़ना हैं,

ज़िन्दगी के दौड़ में आगे बढ़ना है।

जिस तरह भैया स्कूल जाते हैं,

उस तरह मुझे भी जाना है।

सुनो ना माँ, मेरी एक बात..!!

मुझे भी कुछ कर दिखाना है।

पापा को बोलो ना मुझे पढ़ने दे,

मुझे उनका नाम रोशन करना है।

तुम एक बार मुझे आज़ाद तो करो,

फिर देखना.. मैं पूरी दुनिया में छा जाऊँगी

तुम चिंता मत करो माँ,

मैं तुम्हारे कामों में भी हाथ बटाऊंगी।

बेहोशी की हालत

बेहोशी की हालत में भी

उसने मुझे नहीं छोड़ा।

मेरे लाख मना करने के बाद भी

उसने अपनी हवस को नहीं रोका।

मैं रोती रही-चीखती रही,

पर किसी ने भी उस दरिंदों को नहीं रोका।

शायद सब को डर था उसके राजनीति तक पहुँच का,

इसलिए उसकी इतनी बड़ी गलती पर भी किसी ने उसे
नहीं टोका।

मैं तो अपनी सुध-बुध खो चुकी थी,

बेहोश थी पर किसी तरह साँस ले रही थी।

एक-एक कर सब ने मुझे इस्तेमाल किया

और मैं बस शर्म के कारण रो रही थी।

हाँ मैं कश्मीरी हूँ

मेरी क्या ख़ता हैं,

जो मुझे सज़ा दे रहें हों?

दो देश के झगड़ों में,

मुझे क्यों सता रहे हों?

तुम सब अपने राजनीति में,

मुझे क्यों तड़पा रहें हो?

मेरे ही सामने क्यों मेरे अपनों पर

आग बरसा रहे हों?

हाँ मैं कश्मीरी हूँ

मुझे किस गलती की सज़ा दे रहे हों?

*****

<u>बाल-श्रम</u>

मासूम बच्चे से,
क्यों इतने बोझ उठवा रहे हो?
जो कर नहीं पाते बड़े-बुजुर्ग,
वो तुम बच्चे से करवा रहे हो।

अपनी दुकान में काम देने की जगह,
उसे किताब और कलम दिलाओ।
गरीब परिवार का फायदा नहीं,
उसके लिए कोई उचित मार्ग दिखाओ।

क्यों तुम्हारा दिल नहीं सहमता,
बच्चों पर इतना जुल्म करते हुए।
क्यों तुम्हें शर्म नहीं आती,
मासूमों से जबरन काम करवाते हुए?

उसके पिता ने ही भेजा होगा तेरे पास,
मिट नहीं पाती होगी उसके परिवार की प्यास।
तुम उसके मन में ज्ञान का दीप जलाओ,
सरकार के दिए सुविधाओं से उनको अवगत करवाओ।

*****

दुनिया एक रंगमंच हैं

दुनिया एक रंगमंच हैं,
यहाँ कौन अपना कौन पराया हैं।
एक दिन तो हम सभी को,
अपना सब कुछ यही छोड़ जाना हैं।

क्यों लड़ते-झगड़ते हो,
एक बीघा ज़मीन के लिए?
कफ़न तक नहीं मिलेगा,
अपने साथ ले जाने के लिए।

लोग होते हैं भिन्न-भिन्न,
जबकि आते हैं सब एक वतन से।
कोई सभी को परेशान कर देता हैं ,
तो कोई जाना जाता है अपने नाम से।

जाति- धर्म ऊँच -नीच,
ये सब तो हम इंसान बनाते हैं।
ऊपर से तो हम बस,
खाली हाथ आते हैं और खाली हाथ जाते हैं।

*****

नारी शिक्षा

माना कि ये गलत है
कि तुम्हें कोई पढ़ने से रोके,
पर दुनिया को पता कैसे चलेगा
बिना किसी के टोके।

सब नहीं पर कुछ लड़के होते हैं ऐसे,
जो रोकते है तुम्हें आगे बढ़ने से
तुम्हें भी तो अपनी पहचान बनाना है,
इस पितृसत्तात्मक समाज को औक़ात दिखाना है।

चलो छोड़ो ये आरक्षण की फरियादें,
दिखा दो ना दुनिया को अपने इरादे।
क्यों चाहिए तुझे किसी पुरुष का साथ,
जबकि पुरुष ही नहीं समझते तुम्हारे जज़्बात

कब तक कुरीतियाँ भरे समाज में
अपनी छवि को छिपाओगी,
रच दो ना कोई ऐसा इतिहास जिससे
यही समाज तेरे आगे शीश झुकाएगी।

*****

<u>अब तुम्हारी बारी है</u>

दी तुमने बहुत ही पीड़ा,

अब तुम्हारी बारी है।

बहुत सह लिए सितम,

अब नहीं हम अबला नारी हैं।

तुम चार मिलकर,

एक स्त्री पर दुर्व्यवहार करते हो।

तुझे फांसी से क्या होगा?

तुम तो बहन- बेटियों को बेच खाते हो।

ऐ कानून के रखवाले,

तू भी हो जा तैयार।

पकड़ कर हमारे सामने रख,

हम करेंगे उसका संहार।

छोटे कपड़े बहाना

हमारे छोटे कपड़े का तू बहाना मत कर,

जा.. जाकर अपनी नीयत ठीक कर।

सिर्फ ब्रा स्ट्रीप दिख जाने से,

हम लड़कियों को चरित्रहीन ना समझा करा

खुद की हवस मिटा कर हमें बदनाम करते हो,

अपनी गलती से हर बाप-भाई को शर्मसार करते हो।

हम पहने स्कर्ट साड़ी या पहने सूट सलवार,

अपनी गन्दी नज़रों से हमें घूरा करते हो।

लड़की कि इज्जत तो कर नहीं सकते,

खुद को मर्द कह कर गर्व करते हो।

*****

धर्म

हिंदू-मुस्लिम, सिख ईसाई,

कर रहे हैं आपस में हाथापाई।

कोई जानता भी नहीं है एक-दूसरे को,

सिर्फ धर्म के नाम पर तैयार है लड़ने को।

क्यों लड़ते हो किसी और के बातों पर,

मिलकर विचार करो हर आफत पर।

बता दो दुनिया को हम नहीं है झगड़ने वाले,

जो हमारे बीच आए उसे नहीं हैं बख़्शने वाले।

*****

<u>ख़ता</u>

काश वो पल मैं मदहोश ना होता,

तो उसके साथ में होश में सोता।

अगर वो रात में सावधानी बरतता,

तो आज किसी मासूम की जान नहीं जाता।

हाँ, मेरी वजह से हुआ उसका क़त्ल,

जिसकी कोई देख भी नहीं पाया शक्ल।

वो बच्चा आज मेरे गोद में रहता,

अगर उसकी माँ ने उसे गिरवाया ना होता।

ये तो सच है कि वो कुँवारी थी,

इसलिए इस समाज के नज़रों में अबला नारी थी।

हो गई मुझसे ये कैसी ख़ता,

मासूम को भुगतना पड़ गई इसकी सज़ा।

प्यार

(Love)

करूँगा कुछ ऐसा

ये है मेरे एहसास की आवाज़,

जो तेरे बदल रहे हैं जज़्बात।

नहीं होने दूंगा इन्हें कामयाब,

करूँगा कुछ ऐसा..

जिससे बन जाएगी हमारी जोड़ी लाजवाब।

*****

मिल जाते है

बारिश की बूंदों के सहारे,

छू लेता हूँ जज़्बात तुम्हारे।

यूँ तो मुक्कद्र में हुआ नहीं मिलना,

पर मिल जाते है एहसास हमारे।

*****

तेरी सूरत

शाम उदासी की मूरत है,

जो ढले कभी नहीं, ऐसी तेरी सूरत है।

*****

बेहद प्यार

इग्नोर करने के बाद भी,

वो मुझसे अच्छे से बात करती हैं।

शायद..

वो मुझसे बेहद प्यार करती है।

*****

<u>दिल उसी के पास है</u>

थी वो मुझसे काफी सीनियर,
पर मुझे कुछ ख़ास लगती थी।
लड़की थी वो थोड़ी सीधी,
पर मेरे दिल में राज करती थी।

मेरा तो पहला साल ही था,
पर उसका था आख़िरी।
फिर भी उसने मेरे दिल की दरवाजे पर
दस्तक दे मारी।

मैं तो तलाश में ही था किसी ऐसे की,
जो मुश्किलों में साथ दे मेरा।
पता नहीं कब और कैसे उसकी अदाओं का,
दिल पर मेरे पड़ गया पहरा।

ना जाने क्या थी उसमे ख़ास बात,
होने लगा मुझे प्यार का एहसास।
कभी लंच तो कभी डिनर के साथ,
हमेशा रहती थी मुझको उससे मिलने की आस।

बहुत सोच समझकर आखिरकार,
हमने साझा किया अपने दिल का हर राज़।
तब पता चला वो तो कब से बेचैन थी,
जानने को मेरे दिल के हर जज़्बात।

घूमना-फिरना मौज-मस्ती,
सब लम्हें हमनें भी जीयें।
जब आई बिछड़ने की बारी,
वो पल भी हम एक-दूसरे के साथ दिए।

अब तो दूरियाँ बढ़ गई थी,
साथ में गलतफहमी पनपने लगी थी।
उसको देना था कैरियर पर ध्यान,
इसलिए में भी हो गया उससे अंजान।

अभी तो रह रहा हूँ उससे दूर,
पर दिल उसी के पास है।
गर्लफ्रैंड तो काफी बनी,
पर आज भी वो मेरे लिए खास है।

*****

चूड़ियाँ

जब चूड़ी खनकती है उनके हाथों में,

ऐसा लगता है कि खो गया हूँ उनकी राहों में।

करता रहता हूँ उनकी ही तलाश,

जब भी सुनता हूँ खन-खन की आवाज़।

पता नहीं कौन खनकाती है अपनी चूड़ियाँ,

एक बार मिलने में क्या है मजबूरियाँ।

*****

मेरे साथ होने का

मुझसे आँख तो मिला,

क्यों दिखे है डरा-डरा।

हो गई है क्या कोई खता,

एक बार मुझे तो बता।

या तुझे है डर,

मेरे आँखों में खोने का।

अपने आप को भूलकर,

मेरे साथ होने का।

*****

क्रश

एक दिन था जब उसे देखने,
हर रोज़ कॉलेज जाया करता था।
पर अब जब कहीं वो दिख जाए तो,
नज़रें चुराया करता हूँ।

उसकी हँसी उसकी मुसकान,
मैं कैसे भुला सकता हूँ।
उसका यूँ मुझे देखकर मुस्कुराना,
मैं कैसे अपने दिल से जाने दे सकता हूँ।

याद है मुझे वो दिन,
जब उसके साथ बिताया था।
एक पल जब कंधे पर हाथ रखा,
तो उसने कैसे कतराया था।

अब तो तीन साल हो गए,
पर उसको मैं यूँ ही देखता हूँ।
ना पहले बोलने की हिम्मत किया,
ना अब हिम्मत जुटा पाता हूँ।

उसको तो पता था,
कि मैं कितना उसे चाहता हूँ।
फिर भी वो मुझसे बात नहीं की,
ये सोच आज तक खुद को तड़पाता हूँ।

मेरा पहला-पहला प्यार

तन्हाई में करना चाहा किसी से बात

ना मिला कोई तो, कर लिया थोड़ा मज़ाक।

डायल कर दिया यूँ ही कोई नम्बर,

बन गया वो ख़ास आवाज़ सुनने के बाद।

फिर होने लगी लंबी बात,

पर ना हो पाई उनसे मुलाक़ात।

और मेरे दिल की कश्ती पर

होने लगी धीमी धीमी बरसात।

उनका तो पता नहीं,

पर मुझे होने लगा था प्यार।

खो गया था उनकी ही दुनिया में,

या दिल होने लगा था बेकरार।

सब कुछ भुलाकर,

होने लगा था उसके साथ।

था मेरा पहला-पहला प्यार,

या थी दर्द भरी ज़िन्दगी की शुरुआत।

जब चाहा था की वो करें इकरार,

बिन बताए अपना नाम हो गई फरार।

तब पता चला, था कोई उसका यार

अधूरा रह गया मेरा पहला-पहला प्यार।

*****

टूटा दिल

(Broken Heart)

<u>भरोसा रखो</u>

तुझे गैरों के साथ भी देख कर,

सोच लेता था कि वो बस दोस्त होगा।

तुझे कभी रोक-टोक ना कर,

खुद को समझा लेता था कि सब सही होगा।

पर मुझपर क्या बीतती थी,

क्या ये कभी तूने सोचा है?

किस तरह अपनी जान को,

दूसरे के बाँहों में देखा है।

तूने तो "भरोसा रखो" कहकर,

मेरे पीठ पीछे बहुत कुछ कर दिया।

अब मैं तुझे कहता हूँ, "भरोसा रखो "...

तूने तेरे बिना ही जीना सीखा दिया..!!!

हार गए हम

हार गए हम, अपने आप को सुधारने में,

हार गए हम, सभी को समझाने में,

किसी का क्या जाता है, कुछ भी बोलने में,

लेकिन रात बीत जाती है, उसको भुलाने में।

*****

आशा है

तुझसे बिछड़ने का गम नहीं

आज भी तुझे पाने की आशा है

कहता तो हूँ कि फर्क नहीं पड़ता

पर तेरे दूर जाने की निराशा है।

*****

याद क्यों आते हो

साथ निभाना ही नहीं है तो

पास क्यों आते हो

बेवजह हर जगह

तुम याद क्यों आते हो।

सिर्फ ख्वाबों में आकर

मुझे क्यों तड़पाते हो

अगर मिलना ही नहीं है मुक्कदर में तो,

तुम दूर क्यों नहीं हो जाते हो।

बिना मतलब मुझ में

विश्वास क्यों जगाते हो।

अगर फ़र्क ही नहीं पड़ता है तो

तुम चली क्यों नहीं जाते हो।

यादें आ जाती है

इंतज़ार उसके कॉल का करूँ,

पर उसकी यादें आ जाती है।

कभी मिलने की बात करूँ,

तो वो खुद को बहुत बिजी बताती हैं।

बेशक वो बहुत व्यस्त रहती होगी,

अपने ऐशों आराम वाले दुनिया में।

पर मेरे एहसास को कैसे भुलाती होगी,

इस तन्हाई भरे मनमोहक शाम में।

*****

कैसे रहोगी

मेहंदी लगी थी उसके दोनों हाथों में,

फिर भी मैंने अपने दिल की बात उसे जताई।

कहा कि किसी ओर के साथ अब कैसे रहोगी,

जबकि अभी तक तो सारे लम्हे मेरे संग है बिताए।

खुश रह सकोगी तो रह लेना मेरे बगैर क्योंकि,

होने वाला है किसी अजनबी के संग तुम्हारा विदाई।

*****

<u>बदल गई</u>

मुझे आश्चर्य है क्योंकि, वो इतनी जल्दी बदल गई।

इतने सालों से मेरे साथ थी, पर अब वो उसकी कैसे हो
गई?

दिल रो पड़ता है, धड़कने सहम जाती हैं।

जब मेरे सामने वो उसकी बातें करती हैं।

चलो मान लिया, मैंने ही गलतियाँ की।

क्या पहले कभी नहीं मैंने ऐसी नादानियाँ की?

वो कहती हैं मैं हूँ बदल गया, पर सच तो ये है कि

उसके बदलते एहसास देख मैं हैरान रह गया।

जो हो रहा है दर्द मुझे, वो तुझे कैसे बताऊँ?

दिल में जो लगी आग है, वो तुझे कैसे दिखाऊँ?

चुप रहे

कुछ सोचकर हम चुप रहे,

वरना हम भी तुझे जता देते।

औरों के तरह हम नहीं है,

वरना तुम्हारी गलती गिनवा देते।

*****

रिश्ते निभाने

रिश्ते निभाने की ख़्वाहिश है,

इसलिए तुझे माफ़ करता हूँ।

गलती चाहे कितनी भी कर लो तुम,

हर पल तेरा ही साथ देता हूँ।

*****

<u>खामोशियों</u>

पहले मेरे खामोशियों में भी आवाज़ ढूँढा करती थी,

पर अब कुछ कहता हूँ तो खामोश कर दिया करती हो।

हमेशा पढ़ा था तुमने मेरी खामोशियों को,

पर अब समझना ही नहीं चाहती मेरे एहसासों को।

लो तेरे खुशी के लिए मैं हो गया खामोश,

पर अब दोबारा कभी नहीं आएगा मुझे होश।

*****

www.ingramcontent.com/pod-product-compliance
Lightning Source LLC
LaVergne TN
LVHW051513170726
843492LV00002B/913